詩集

天の命題

寺田美由記

砂子屋書房

*目次

装本・倉本　修

寺田美由記詩集

天の命題

同級生

詩人は嘘つきだ
きみの言うことは信じないぞ
三十年ぶりに会った同級生が言う

きみとぼくとは
見立てが少し
ずれている

たとえば今日の天気
きみには鬱陶《うっとう》しい雨かもしれないが

農家には恵みの雨だ
ぼくにとっては虹のプリズム

なあんてね
それだって疑り深いきみの眼には
詭弁《きべん》に映るかもしれないけれど

いつだって少数意見は
黙殺されるのさ
声高な強者の理論に呑まれて

きみは今までどうしていた？
ぼくが詩を書き続けてきた歳月
生まれた子どもが独り立ちするまでの間
退職した老人が死を受容するまでの期間

試行錯誤《しこうさくご》を繰り返し
時を刻んできたのだろうか
再び巡り逢うために

思い出の砂浜は浸食されて
形を変えてしまったけれど
きみもぼくもやがて消えていく
孤独な一人の生活者にすぎないけれど

きみとこうして語り合えたこと
忘れないよ
どんなになっても穏やかに
主張することをやめない

初日の出

ほうらごらんと
誰かがカーテンを開けた
深紅の太陽が
空と大地を茜色に焦がし
ゆっくり伸びあがろうとしていた

かつて幾度もこのように
日は昇ったことだろう
そしてわたしは今までにこのような勤務を
幾度繰り返してきただろう

なのに　初めて
日が昇る　ありふれた現実に面くらい
不思議な美しさに打たれている

たぶん見落としてきた
人や自然が光を放つ営みを

くらくらと眩暈《めまい》しながら
これから三時間あまり
秒刻みで駆け回る業務内容について考える

見ようともしなかったたくさんの過ち
詫《わ》びるでもなく悼《いた》むでもなく
はるかなる
あきらめと悔いとありきたりの満足と

やがてどこかにたどり着くだろう
自分の意思とは別の場所に
そしてまた始まることにも
果てしなく見落としながら

その理由

こんなところに居たら
未来を亡くす
それがあなたの理由だった
こんなところに居るからこそ
見えてくるものもある
それがわたしの理由だった

いつまでも話は平行線で
どちらかが歩み寄ろうともせず
お互い何かを摑《つか》んで証《あかし》立てる

ということもなく
それではお元気でと
にっこり笑って別れるしかなかった

そんなことをくり返し
私たちはどこまで行くのだろう
無為こそがすべて
そんなふうに思えてしまう
時を過ごして

それにしてもやけに
暑苦しい夏だな
異常気象というのだろうか
それも何かの理由ではある
都合のよいことばかり

起きるわけでもないので
それでも何かに触れることもあり
冷たいものが流れていくこともあり
熱いものがこみあげてくる時もあり
それがその理由なのかもしれない

理論

風の理論はやかましい
雨の理論はうっとうしい
人の理論は聞き飽きた

秩序を求めようとするから
無理がある
だからって
無秩序を放置できない

困った朝だな

小休止

御飯に味噌汁か
トーストにコーヒーかの選択について
勘違《かんちが》いしてはいけない
それを意思とは呼ばない
それはただの欲望にすぎない

欲望に引きずられて
ここまで来た
欲望に引きずられていくのか
これからも

理論を越えたいと思うのに
理論にさえもたどり着けない

宿題

年間目標を設定し
それを達成するための具体的方策を提示せよ
そういう宿題が出た

現状を分析し
できていないところをできるようにする
それが目標につながる

できていないところはいくらでもあるから
仕事の目標はすぐにでき上がったけれど

私自身の目標ってなんだっけ

さしあたって就職する
結婚して子供を育て上げる
真面目に働いて人生を全《まっと》うし
なるべく苦しまずに死ねる

それは個人の目標などではなくて
教科書丸写し

幸福になるとか満足したいとか
いつまでも若く健康で
そんな目標は漠然《ばくぜん》として
具体的方策が浮かばない

方策は具体的に分かりやすく

目標は達成可能で評価できる内容に
宿題は誰かに添削《てんさく》されて
何度も駄目《だめ》だしをくらう

十年後

　今　何しているの
と電話がくる
十年前　喧嘩《けんか》別れした元上司からだ

　わたしはあれから偉くなって
職場の改革や講義や講演に忙しい
あなたはパート
　それで月々いくらになるの
聞いてもいないのに電話の声は
延々続く

あの頃　逆らったら百倍返しとか言っていた

　ここに部下の教育担当副部長が居る
　代わるから（活躍ぶりを）聞いてくれ
と言うので
見ず知らずの人と電話で話す羽目《はめ》になり
相手の境遇を思いやっている

こちらの暮らしぶりを値踏《ねぶ》みして
自分の優位を確信すると
電話は切れた

これまで自分を通すために
どれほど犠牲を払っただろう
多くの人の思いを踏みつけにして
生きてきたことだろう

取り返しのつかない過ちや罪や
人の無念を
どれほど背負っていることか

今　わたしは
欲やしがらみから解放されて
詩を書いているんだ
ほっといてくれ

運勢

あんたは今年最悪だから
じたばたしない方がいいよと運勢が言う

実は上司と合わなくて
今日辞めよう明日辞めようと
思っていたところ

定年まであと何年もないけれど
今すぐ逃げ出したい気分
といって辞めたところで

家で病人との暗い生活が待っているばかり
そんな風に思ってしまうのも
最悪の運勢だからかなあ

わたしがわたしであるために
何をどうすべきか
運勢はじっと我慢の子であれと
教えてくれているらしい

でもよかったじゃんと
またまた運勢が言う

今が最悪であれば
これ以上悪くなることはなく
来年には少しずつ希望の光が射すでしょう

花を買おう
靴を買おう
ミステリーツアーに申し込もう
もうおしまいだと思わない
これから始まる愛がある

不自由な生活

風邪をひいても
仕事を代わってくれる人がいない
人手不足の職場では
自分の健康管理もできず休んだ者は減給ですと
脅《おど》す上司が一人いる

風邪をひいても
家事を代わってくれる人がいない
子どもが巣立った家庭では
仕事から解放されたとたん病気になり
動けなくなった男が一人いる

わたしの生活は二人に支配されている
長く変則勤務して
寝食の時間までも他人に支配され
これからどうやって生きていこうかと
熱に浮かされた頭で真剣に考える

どんな状態になろうとも人はあてにできない
自分を信じて
自分を頼りに生きていく

仕事をして家事をする
おかげで血糖値・コレステロール値は
正常範囲内
不自由な自由を満喫《まんきつ》し
支配されつつ支配する

不用品

やさしい声で
不用品はありませんかと尋《たず》ねられたので
はいはい　たくさんありますよと
思わず応《こた》えてしまう

着なくなった服　はかなくなった靴
売れない詩集の山やなんか
そもそもこの家自体　あげるよと言っても要らないと
巣立ってしまった子供たち
そこに住んでいる病気の主《あるじ》もその妻も

不用品と言えなくもない

待ち構えていると
若い男がやってきて
積み上げた不用品には目もくれず
やさしくない声で金《きん》はないかと言うのだ

屑鉄《くずてつ》のように見える鎖でも
金《きん》なら高く売れるらしい
困惑していると
結婚指輪はどうしたと聞く

それならどこかにあったはず
四十年も忘れていたのだもの
探しても見つかるわけがない
それじゃあ親にもらった宝石とか

ガラクタを見せると
諦《あきら》めて男は帰っていった
この家のどこかにあるはずの
金《きん》の指輪を思い出させて

ところでこの
不用品の山をどうしよう
高値で引き取ってあげますよとやさしい声で
言ってくれる男は来ないかな

迷いご

オレオレは分かりすぎるから
オレオレはもう
オレオレとは言わないものだと思っていた
隙《すき》をついてオレオレと
語りかけてくる者がある

とっさに遠い
だれかを思い浮かべてしまったのは
わが身の不徳

分かっているよ
住所を言うね
今から行くからと
なおもやさしくたたみかける

こんなたよりを待つ人が
どこにどれだけいるだろう
それぞれ　別れ別れの
オレオレを胸に描いて
ついその名を口にすることもあるだろうか

やさしい声に酔えたのは
もうずいぶん昔の話
今となってはどんな言葉や素振りにも
裏があると思ってしまう

それでも一時《いっとき》
酔ってみたいと思うこともあるだろうか
独り　寄る辺ない夜は

野暮《やぼ》なことはしないで
虚無のむこう　いつまでも独り
語りかけていなさい
きみは
永遠の迷いご

夏　新しい生い立ち

悔い改めよ
逢う度に娘は言うのだ
わたしは不幸な生い立ちをした
自分は正しいという母親の
思想と態度が許せないと

娘が生まれる前に戻って
やり直せるわけじゃなし
仮に戻ることができたとしても母親は
同じようにしか生きることができないだろうから

誰のおかげでそんな口が利《き》ける
苦労して育てたのに
非難される謂《いわ》れはないと
ついに最後の反撃に出た
（その思想と態度が問題なのだ）

落胆して
四十近くなってまで母親の
呪縛《じゅばく》から逃れられない娘の
闇を思う

窓の外には夏の盛りの凌霄花《のうぜんかずら》が咲いている
あったことをなかったことにはできない
背負っていくのだ

どこまでも

蒸し返してもせんのない古い諍《いさか》い
親離れ子離れできない甘えの構図
悔い改めよ
やがて始まる新しい
生い立ちのために

世界中の幸せ

満開の桜の下で
子どもたちがお弁当を広げている
春休みの学童保育
カップラーメン立ち食いの子もいて
なにごとか叫んでいる
世界中の幸せを集めたような瞬間

末っ子を学童保育に通わせていた頃
お弁当の日のお手紙を見落として
一人だけお弁当がなかった日

先生のお弁当半分こしようと言ったのに
どうしても食べなかったんですよと
お迎えに行った時に言われた

お迎えに行けない日もあって
中学生だったお兄ちゃんに頼んだら
忘れられて雨の中
先生の自転車の後ろに乗せられて
送ってもらったこともあった
俺たちひどい親に育てられたよな

今でも彼らに責められる
無我夢中で過ぎ去った日々
抜け殻ばかりが吹き溜まる
どんな時も明るく
前向きだった末っ子も

大人になったら口をきいてもらえなくなった

それでも彼の結婚式の時
好物は母の麻婆茄子《まあぼうなす》
どんなに忙しくても母は
僕たちの御飯を作ってくれた
そう言ってくれたので
世界中の幸せを集めたような瞬間

次の明日へ

悠月《ゆづき》は
いつまでも泳いでいたいと
駄々をこねる

夏休みといえば海水浴
悠月《ゆづき》の母が子供の頃
そのまた母の実家で
兄弟や従妹たちと泳いだ

何年も何年も

末っ子が大きくなって
もうぼくは行かないよと言うようになるまで

その時の子どもは父母の年になり
その時の父母は祖父母の年になり
その時の祖母は老いて
記憶の波に漂っている

それぞれの肩にそれぞれの歳月
そういうわけで悠月《ゆづき》は
ここにことしてここにいる

ゆうらり　ゆらゆら
波にゆられ
魚がいるよ　貝があるよ
永遠にここにこうしていたい気分

わかるよ　だけど
楽しい時間はすぐに過ぎて
追われ続ける日常に帰る日は確実に来る

傾きかけた夕陽のもと
また来ようねと慰《なぐさ》めている
自分にも　子どもにも
またなんてあるかどうか分からないのに

けれども　思いがけない逞《たくま》しさで
子どもはやすやすと超えていくのだ
次の明日へ

これからすること

眼底検査で
画像不鮮明と診断されて眼科に行った

最近の眼科は目薬をくれるだけじゃない
様々な器械で覗《のぞ》かれて
様々な姿勢で様々な文字を読まされた

目に行く血管が糸のように細くなっている
おそらく脳に行っている血管も同様だから
将来認知症になるよと言われる

物忘れがひどい　目がかすむ
老化現象と思っていたが
まぎれもなく病気です

よく噛む　よく書く　よく動く
子どものようにスキップすると
毛細血管が再生するらしい

シュガーレスガムを噛み噛み
何でもメモる　推敲《すいこう》する

歩いて買い物に行く途中
人気のないことを確認して
こっそりスキップしてみた

真っ黒い鳥が見下ろしていて
カッ　カッ　カッ　カッ
笑っている

プレゼント

とんでもない不始末を
しでかしてしまった夢を見た
仕事を辞めて一年経つのに
刷《す》り込まれてしまったものがあるらしい

夢の中の見知らぬ上司は
怒りもせずにいいのよと言う
現実だったら人格を否定されるほど
こっぴどく叱られているはず

大人になるまで二十年
家庭に生きて二十年
仕事に生きて二十年
誰かがいいのよと言ってくれているらしい

これからはプレゼントされた時間
何をしてもしなくてもいい
何を言っても言わなくてもいい
どこへ行っても行かなくてもいい

本当は何をしたかったのか
身についた家事をしながら考える
思う存分詩を書いたらと
言われてもねえ

明日の用事

つゆ草と昼顔のハーモニーに
聞きほれていて
用を忘れた

腰を据《す》えて考える
永遠に考えているがいい
あしたもあさっても
用など見つかりはしない

あったら嬉しい

富と時間
なまじ　あっても困る
富と時間

貯金叩いて詩集を出すといったら
羨《うらや》ましがられた
毎月仲間と旅行するその人の方が
わたしには羨《うらや》ましかった

試《ため》されている気がする
買い物をする時も眠る時も
まちがえていないかそうでないか
わたしらしいかそうでないか

欲に任せて突き進んできた日々は
まちがえていたといえばいえる

自分そのものだったといえばいえる

じたばたせずに
腰を据《す》えて考える
永遠に考えているがいい
どうせあしたもあさっても
用などありはしないのだ

天の命題

介護のために仕事を辞めた
家事をして　病人の用を足せば
後はぽっかり空いた時間

あの頃は良かったな
昼夜問わない変則勤務
長時間残業　山積みの課題
何か月も休みを返上して仕事をしながら
研修に通ったこともあった

わたしは何かしていることが好きなのだ
没頭《ぼっとう》している間は
難しいことを考えなくて済む
地球温暖化とか　我が身の行く末とか

テレビを見ながらのストレッチや
庭の草取りにも飽きた頃
会から宿題をもらった

久しぶりに嬉々としてパソコンに向かう
寝る間も惜しんで仕事する
徐々に出来上がっていく充実感
やり終えた時の達成感
それが欲しくてわたしは生きてきた

天からの宿題はなかなか解けない

いっそ　死ぬまでやっていろ
そろそろ　永遠の命題にとりかかろうぜ
（さしあたっては子守りとか）

けれども子どもはなかなか生まれない
生まれたら山に行くのだ
海にも連れて行ってやる
ミュージカルを観た後で食事してと
夢はどんどんふくらんでいく

記憶

シミの記憶をなくす*
とコマーシャルが流れる
シミ以外にも
なくしたい記憶はたんとある

あれもこれもと
どんどんなくしてしまったら
無垢《むく》な自分になれるだろうか
それもこれも
元《もと》の自分次第

老いた母は
すぐに忘れて同じことを繰り返す
病気の夫はできることを次々なくし
静かにまどろんでいる

なくすことは自然だけれど
呼び戻すことは
かなり困難

もうすぐ長男のところに
新しい家族が誕生する
その子の柔らかな記憶に
留めてもらうことはできるだろうか
それもこれも
これからの自分次第

＊資生堂シミ取り化粧品のコマーシャルコピー

やり直し

庭にプランターを並べて
野菜を育てる
か細い苗を植えて一週間もすると
太く丈夫になって
ミニトマトは花が咲き小さな実を結ぶ
日々成長するので可愛くて
何時間見ていても飽きない

息子夫婦が孫を連れてくる
六ヶ月で寝返りを打ち　八か月で歯が生えて

教科書通り育っていて
握りこぶしでせんべいを持ち
はみ出たところを齧《かじ》っている
泣いたり笑ったりキーキー声を出したり
いつまでも見ていて飽きない

年を取って身体は衰えても
精神はいつまでも成長できるという
何冊の本を読んでどれだけの経験を積めば
わたしは成長できるだろう
最大の関心事が
新鮮野菜の豊かな実りというのでは
成長どころか衰退でしかない

もう一人の小学生になった孫は
ライオンキング*を観に連れて行けと言う

もう一度やり直そう
孫と一緒に
ライオンキングを観ながら

＊劇団四季「ライオンキング」

約束

得意満面《とくいまんめん》で
幼児は立ち上がって見せる
転んでも　転んでも
それが使命でもあるかのように
何度でも　何度でも

賞賛される喜びと
湧き上がってくる力
いっぱい広げて

いずれ誰も褒《ほ》めてはくれなくなるだろう
冷たい夜を幾夜も
過ごすこともあるだろうか

約束だよ
どんな時も
自分の力を信じて
何度でも　何度でも

見届けてやれないかもしれない
病気のおじいちゃんはどんなに心残りなことか
いつか一人ずつお別れをするのだけれど

約束だよ
どんな時もきみを信じて
きっと　きっと

新しい王国

六十五回目の誕生日に
待っていたけど報《しら》せはなくて
翌日　女の子だよと
写真付きのメール

それは六十五年前の
そのまた六十五年前のずっと遡《さかのぼ》って
原初から届いたたより

息子夫婦は伊勢神宮

わたしは熊野三山　出雲大社　祈願して
八百万《やおよろず》の神が遣《つか》わしてくれた
その柔らかな白い頬　血脈の温もり

大声で啼《な》いて主張する
肺活量ありそうだからスイミング
ピアノ　バレエ　ジャズダンス
何が好きになるだろう

わたしたちは環境にすぎないから
侵《おか》さぬようにおとなしく控えているよ
きみの支配を待っている
新しい王国で

おばあちゃんでいてあげる

おばあちゃんはどうして
おばあちゃんになったのときみが聞く
いっておくけど
おばあちゃんになることは
そんなにわるいことじゃない
きみが生まれて
おばあちゃんはおばあちゃんになった

それはそれまで元気に生きてきた証《あかし》
どんな時もくじけず前を向いて

生きてきた証《あかし》
限りない過ちや悔いやどうしようもない愚かさや
そういったことをすべて帳消《ちょうけ》しにして
きみがいる

おばあちゃんは連れて行ってあげないよ
お父さんとお母さんとゆうまだけで行く
憎まれ口をきかれてもずっと死ぬまで一生
ついて行く

ずっと死ぬまで一生
おばあちゃんはきみの
おばあちゃんでいてあげる

欠けた風景

憩いの場には
大切な人がいつも一人欠けていて
いつまでも風景は未完成

一人去り　二人去り
また一人やって来たり
待つことにも徐々に慣れてきた気配

閉ざされた窓には
鳥も飛ばない

忘れ去られた日々

縮こまったこころとからだを解き放ち
外に出よう
それが目的のないわたしの
目的になる

全てのできごとは
どこかへとつながる糸口だから
そろそろ準備しなくては

いくつもの朝を更新して
寝苦しい夜を積み重ね
やがて出会う新しい人へのはなむけに

欠けているのは自分自身と

気付いてしまう
その時まで

つまらない朝

つまらない朝
今日は不幸を満喫《まんきつ》しよう
どん底を味わってみろというだろう
そしたら何か開《ひら》けるかもしれない
いま　どのあたりにいるだろうか

仕事を辞めて
家族を介護する日々は
平穏であるといえばいえる
常に不安はあるにしても

支えをなくし
足元がおぼつかない
よろけながら種を探る
もう一度　何かを育ててみたいのだ

あなたに育てられて迷惑と
成人した子どもたちは口をそろえて言うけれど
今度こそしっかりやると　心に決めて
プランターに土を盛る

実ったものも実らなかったものも
愛され育《はぐく》まれ
季節を通ってここにある
わたしが泣いても泣かなくても
誰かが笑っても笑わなくても

見えるものを確かめながら
見えないものを手探《てさぐ》って
つまらない朝を　またひとつ

宴

四月と
名付けられた時の狭間《はざま》で
とり残される
病んだ伴侶は仰向《あおむ》いたまま

たしか今日は
子どもの祝いだったかな
宴の準備をしなくては

遠い恋人が

別れを告げた日だったか
手塩にかけた娘が
独り立ちした日だったか

そうであっても　なくっても
佳《よ》き日を
願いながら

四月と
名付けられた時の狭間《はざま》で
ささやかな祝祭に招く
子どもたちを
そのまた子供たちを

ほろほろと
こぼれるほどの懐かしい品々

満開の花のもと
いとおしみながら箸をとる

三十年後

夜中　トイレに立って
手を洗っていると
シミの浮出た　どこぞの老婆が
洗面台の鏡に映っている
それは三十年後の自分の姿だ
堅い棺桶のようなベッドに戻り
冷たい夜を深く眠ろう

あの日　大きな地震があって
大勢の人が津波にのまれた

それから次々と　台風が来たり洪水になったり
大風が吹き　電柱や木々が倒れ
人や家が濁流にのまれたり　土砂に埋もれたりした
外国でも大規模な森林火災で
何億万の珍しい動物たちが焼け死んだ
あれは夢だったのだろうか

みんな自分を生きるのに忙しい
やがて　何事もなかったかのように
日差しが新しい朝を連れてくる
三十年前の自分に還《かえ》って
わたしはバタバタと家事をする
誰もいなくなってひとり
取り残された家の中で

暇人《ひまじん》クラブ

暇なので暇人《ひまじん》クラブに入会した
そんなところ誰が来るのかと思っていたが
思いの外　盛況で
三回応募してやっと当たったという人も来ている

会費を払って着席すると
注意事項なりの説明を受ける
管理されているようで居心地悪いが
これだけ大勢になるとそれなりに
規律も必要なのだろう

時間だけはたっぷりあるので
おとなしく聞いている

これも何かの縁だから
連絡網を作ろうと元締《もとじ》めらしき人が言う
ＰＴＡや昔の職場を思い出し
にわかに落ち着かなくなる
ご免こうむりたい縁もあるので

今までの人生を否定されるような厳しい講義内容だが
久しぶりに刺激と思えば懐かしい
意味を問わなければ宿題もなんか嬉しい
痛くても痒くても刺激はあった方がいい

わたしたちは予備軍なのだ
お荷物などと思ってはいけない

そう呼ばれた時からそれになる
未来の可能性を秘めた時間を
存分に持ち合わせている
世間がざわついているのでしばらく仕事は来ない
暇人《ひまじん》クラブはますます活気づいて
わたしはますます暇になる

揺れ動く世界

多様性の許容範囲を
誰がどのように計るのか
限界を超えたできごとを
誰がどのように受けとめるのか

一発で認識が覆《くつがえ》される
只中に居て
四十七秒で壊滅《かいめつ》する
シミュレーションを見ている

届けられる意思もあれば
及ばない思いもある
かりたてる行為もあれば
鎮《しず》める言葉もある

それでも
多様性を受けとめよというのなら
何億万の喪失感を
埋める術を教えてほしい

境界を失った世界は
混沌として
強い者が支配する
新たな秩序を生まないか

許容範囲という発想こそが

多様性を否定する
それはそれぞれの胸の内

揺れ動く世界を周到《しゅうとう》に量り続ける
昨日のわたしはわたしではない
明日のわたしはわたしではない

まやかしのような

未来を絶たれた人の数が
読み上げられていく現実のある日
砲弾が炸裂していない空は　澄んで
世界中の不安を受けとめている

地球の裏側で何が起きようと
すぐに痛みを感じるというものでもないが
めぐりくるものはあり
いつかの感染症のように
噴煙をあびる日が来る

しっかりと思いの内に刻みつける
黒い空
灰色の風　瓦礫《がれき》の地上　折り重なる人々
それでも足りず　これでもか
これでもかと焼き尽くす

　我々は生命を捧げ
　現実社会を見せているのだから
　どうか応《こた》えてほしい*
彼《か》の国の人が語る
祈ることさえためらわれる
静かな日々を悔いている

プツンと画面を閉じても
見なかったことにはできない

いっそう重たくなった時間を抱いて
足元をまさぐっている

逃げまどうこともなく　長らえて
行き暮れる
生は　つかのま
まやかしのようなものであるにしても

＊パルホメンコ・ボクダン

生涯の仕事

伴侶と職を失ったので
毎日無為に過ごしている
思いの外　楽ちんだから
それもいいかと思っていたが
長期に渡ると　さすがに飽きる

地域のコミュニティセンターに行くと
そういった人を斡旋《あっせん》している
子ども食堂のお弁当作り
公園の花壇作り

これらは大勢の人が来るだろうから
人間関係がややこしかろうと　長年
職場の人間関係で苦労してきたわたしは思う
無報酬なのだから
嫌な思いはしたくない

高齢者世帯にお弁当を届けるという
仕事を選んで　役所へ手続きに行く
運動不足の解消に毎日やりますと言うと
あなたは水曜日の担当ですと言われる

週に一度　ご近所のご夫妻に
夕食のお弁当二個を届ける
張り切って持っていくと
待っていましたよと歓迎される

なんて楽しい
こんな仕事は生涯初めてだ

雨の日も雪の日もやるのよと
この道十年の先輩は言う
雨の日はなんとかなったが
雪の日はまだ体験できていない

あとがき

前回、詩集を出してから十年が経過した。その間、子供達は巣立ち、夫は他界して気付いたら、築三十年の家に居る。することがないので余生は、一歳半になる孫の楓花《ふうか》ちゃんの子守りをして暮らそうと思っていた。ところが、待機児童ゼロをめざすさいたま市長・清水勇人さんのおかげかどうか、保育園に入ることができたので私の出番はないらしい。これは凄いこと。これから死ぬまで（明日かもしれないが）の時間を、ぜーんぶ自分の為に使っても良いということ。今まで、誰か彼かによって制限されていた衣食住も全て、思いのままにできるということ。

自然に目覚めた時に起床する。それから好みの朝食を自炊して、それを一時間半かけてテレビ、新聞を見ながらゆっくり食べる。このようにして一日が始まる。何をしても、どこへ行っても、だれと会っても、社会秩序を乱さない限り自由なのだ。「一生懸命働いてきたのだから、なにか良いことがあるよ」と以前、詩人の水野信政様にお手紙を頂いたことがある。それがこのことなのかなと思ったりしている。
そんな訳で、まずは五冊目の詩集を出すことにした。砂子屋書房の田村雅之様にお願いして、作っていただくことにした。

二〇二二年　六月　寺田美由記

〈著者略歴〉
寺田美由記（てらだ　みゆき）
一九五五年　新潟県佐渡市生まれ

詩集
二〇〇〇年　『二〇〇〇年の切符』　詩学社
二〇〇四年　『かんごかてい（看護過程）』　詩学社（第三十八回小熊秀雄賞）
二〇〇七年　『ＣＯＮＴＡＣＴ（関係）』　思潮社
二〇一二年　『暮れない病』　砂子屋書房

日本文藝家協会　日本現代詩人会　日本詩人クラブ　埼玉詩人会　会員
詩誌『布』『タルタ』同人

詩集　天の命題

二〇二二年九月五日初版発行

著　者　寺田美由記
埼玉県さいたま市見沼区春野三―五―三（〒三三七―〇〇〇二）

発行者　田村雅之

発行所　砂子屋書房
東京都千代田区内神田三―四―七（〒一〇一―〇〇四七）
電話〇三―三二五六―四七〇八　振替〇〇一三〇―二―九七六三一
URL http://www.sunagoya.com

組　版　はあどわあく

印　刷　長野印刷商工株式会社

製　本　渋谷文泉閣